かえるはかえる

パイプの中のかえる2

小山田浩子
Hiroko Oyamada

twililight

かえるはかえる　目次

まえがき

先日、県外ナンバーの車に『在住者です』というステッカーが貼ってあるのを見た。ステッカーは貼られてから時間が経っているように見えた。在住者……この車の持ち主は県外から来たよそ者とみなされ迫害されるのを恐れてこれを貼ったのだろう。そういう懸念が現実的だった時期が確かにあった。県外ナンバー差別、クラスターを出した施設へ嫌がらせ、最初の感染者探し……現在、2023年9月時点では旅行にも行った方がいいし会食も平気だし入店時のアルコール消毒も各店の判断だしそもそもマスクもそんなつけなくていいし子供たちとかほらずっとマスクでかわいそうだったしさ、でも、もう、大丈夫大丈夫なんだよ、というコードが広く流布していて実際マスクなしの人の方が多くてそして各地の学校で学級閉鎖の話が出ている。インフルエンザも季節外れに大流行している。感染者数は他県ナンバーが石を投げられ田舎の老親が都会の子供に帰ってきてくれるなと告げていたころより断然多いだろう。

２０２０年連載のエッセイをまとめた『パイプの中のかえる』に続いて本書がtwilight《トワイライト》から刊行されてうれしい。タイトル「かえるはかえる」は、絵本『かえるがみえる』（まつおかきょうこ作、馬場《ばば》のぼる絵、こぐま社刊）が好きなのでその感じでつけた。パイプの中のかえること私は久々に大阪や東京や海外へ遠出もしたが基本的には広島の田舎のごく狭い範囲に住んで普通に暮らしたり考えたりしているつもりでいて、でも普通なんて本当はないんだよなともつくづく思っていて、いまの普通はすぐ普通ではなくなるし私の普通と他の人の普通も全然違うしお互いの普通でなさもものすごく食い違う、でも私たちはそのことをいちいち口に出し確かめ合ったりしないで日々過ごしていて、だからこうして自分の普通や普通でなさを書き留めておく機会は本当にありがたかった。相変わらずかえるはかえるだが３年前の、半年前の、昨日のかえるといまのかえるはやっぱり違ってもいる。楽しんでいただけたら幸いです。

小山田浩子

かえるはかえる

春

ベランダの睡蓮鉢でメダカを飼っている。鉢には土を入れ睡蓮を植えアナカリスなど水草も入れ透明な小さいエビも入れている。自然発生した黒い小さい巻き貝もいる。メダカは冬に冬眠する。冬眠という言い方は正確ではないのかもしれないがとにかく寒い時期に鉢に小さいすだれをかぶせて放っておくとメダカは底の方でじっとしている。広島の私が住む辺りでは水が中まで凍ってしまうことはない。

もう春かなと思ったらカバーを外す。早すぎても遅すぎてもよくない気がして毎年少し緊張する。外した途端にメダカは水面に来て泳ぎ出す。寝起きっぽく動きが遅いとか不如意《ふにょい》な感じがするとかいうことは全くない。メダカ以外の睡蓮鉢内メンバーは色を失ってしんとしている。あんなにたくさんいた、透明な脚を動かしてひっきりなしになにか口に運んだり喧嘩をしたりお腹に緑色の卵を抱いたりしていたエビは姿が見えないし貝も殻の色が白く抜けたようになって生きているのか死んでいるのかわからない、丸い葉っぱをいくつも広げ夏に白い花をつけた睡蓮も、やたら繁茂してこれまた白い3枚花弁の花をぽちぽちつけたアナカリスも枯れて色が抜けあるいは黒く腐ってボロボロになっている。メダカは1匹がちょっと大きくもう1匹はちょっと小さい。一緒に見ると色も微妙に違うのだが、どちらか1匹だけだとそれが大きい方か小さい方かよくわからない。

前は1匹圧倒的に大きい黒いのがいた。青メダカとして買ったので青ちゃんと呼んでいた。ときどき卵をぶら下げていたから雌だ。当時は7匹くらいメダカがいて、他のはどれもやっぱりあまり見わけがつかなかったが青ちゃんだけははっきりわかった。青メダカにしては黒いんじゃないかだから黒メダカなんじゃないかという気もしていた。同じ時期に同じ店で買ってもメダカは大きさや色に違いがある。1匹数千円とかするメダカもいるが私が買うのは近所の店で100円とか150円とかのだ。多分高いから長生きするわけでもない。個体が同定できるとかわいいもので青ちゃんのことは気にかけていたのだが去年死んでしまった。あんなに黒かったのに目も肉も鱗も白くなって底の土に横たわっている。睡蓮鉢だと水槽と違って真上からしか見えないからはじめて見る青ちゃんの横向き、小学校理科で習ったメダカの雄雌見分け方は確か横から見た背鰭《せびれ》だか腹鰭《はらびれ》だか臀鰭《しりびれ》だかの形で決まるんだったよななどと思っている間にみるみるエビが群がって一晩で食べ尽くして細かい骨まできれいに残った骨格標本のような青ちゃんをピンセットで引き上げて乾かしてケースに入れてとってある。

汲み置きしておいた水を注ぐ。水質は悪くなさそうだ。濁ったりにおったりしないで澄んでいる。餌を少し落とすとメダカはすぐ食べにくる。植物が枯れているから酸素が足りないかも、エアレーションのポンプを入れてやろうかと考えつつピンセットで朽ちた葉などを取り除いていると土から、睡蓮の細く巻いた白緑色の新芽がちょっと出ているのが見える。色が抜けたアナカリスも持ち上げると先端に濃い緑の部分が盛り上がっている。そこから跳び出したエビが水中をはねるようにピンセットを避けていく、ちゃんと春に、ちゃんと春が、どこかからケチャップを炒めるいい匂いがする。誰かがお昼に多分ナポリタンを食べようとしている。

とん蝶

久々に大阪に行った。仕事をして1泊した帰り、新大阪駅は人が多かった。「551」は長蛇の列でカフェやフードコートも満席、通路の隅に巨大なスーツケースやバックパックを従えた人々が立ったり座ったりもたれたりしながらなにかを待っている。お土産売り場も混んでいる。迷って選んだお菓子類をカゴに入れレジに並ぶ。レジが何台もあるのに会計待ちの列が長い。じりじり進んでいるとレジ少し手前のつまり結構いい位置に上の方がきゅっと縛ってある細長い三角形のものが積んであるのが見えた。竹皮模様の包み、その上に載せてあるラベルというか薄緑色の紙に『登録商標　ふる里の味　とん蝶《ちょう》』と書いてある。途端に脳がぴりぴり震えた。とん蝶！　とん蝶だ！　なにかで大阪名物とん蝶というものがあるというような記事を読んで、おいしそうだな食べたいなと思って、でもその記事自体をちゃんと取っておいたとかでもなくいままで忘れていてそれが現物を見た途端にぐわっと勢いよく開花して、これはとん蝶、私が探していたもの！　とん蝶は確かおこわだ。それもほかにはあまりない感じのおこわなのだ。なにがどうほかにない感じなのかは覚えていない、レジ列がぐぐっと進んだ。私はとん蝶を1つ手に取ってそれに続いた。大きさの割に重たくしかし軽く、内側に柔らかく湿ったものがぎっしり入っている感触がする。

新幹線に乗って、窓際、とん蝶を取り出した。『生ものですので、消費期限内にお召上り下さい。※小梅が入っています。種に御注意下さい。※包み紙のまま電子レンジには入れないで下さい。』竹皮柄の包装は裏が銀紙になっていてめくるとフィルムやラップ的なものはなくいきなりお米、大豆入りで、茶色いものがまばらにまぶしてある。お米自体は真っ白い。先端を齧《かじ》るともちもちしてカツオと昆布の香り、まぶされているのは刻んだカツオ昆布のようだ。細長い二等辺三角形の下の方に丸い小梅が2つ並んでまるで赤い小さな蝶々が休んでいるかのような、周囲のお米にもちょっとだけ赤が滲んで全体がねっちりしてお米と昆布と大豆と小梅それぞれの塩気が少しずつ違う濃さで馴っていて飽きなくてとてもおいしい。これを自分好みと直感した過去の自分とそれを思い出せたさっきの自分はえらかった。

その後、大阪に長く住んでいた人と会う機会があった。あの、こないだ新大阪駅でとん蝶を見つけて初めて食べましたおいしくてうれしかったですと話すと訝しげな顔で「とん……ちょう？」えっ、いや、大阪名物だと思うんですけど、あの、白いおこわみたいな、大豆と小梅が入って……「大豆と小梅？ どういう字？」字、ひらがなのとん、に蝶々……とん蝶って名物じゃないのか、日々新しい商品が生まれているから地元のお土産に知らないものがあったって当然だがあんなに伝統然とした見た目と味だったのに……いやほんとおいしかったんですよ、次行ったらいっぱい買って帰りたいくらい、日持ちしないみたいなんですけど、「しょっぱい系？」あ、はい、おこわ、甘いのではないです。

「へー、私も今度行ったら探してみるわー」いやー、ぜひ、ぜひ……その後東京の出版社の人にとん蝶のことを話すとうちは夫婦で大好きで大阪出張の度に買いこんで冷凍してますよと興奮気味に返ってきて、それでこそ名物土産なのかもしれない、とん蝶。

ぴーすくる

晴れた春の日曜日、広島市中心部を自転車で走った。自転車は借り物だ。「広島市シェアサイクルぴーすくる」、1回利用や月極など料金プランを選びポートを検索し1台選んで利用後はまた近くのポートに返却する。便利だ。利用前はそうでもなかったが自分が乗るようになるとコンビニやホテルに待機中の自転車が目につくようになりでっかいバックパックの人やスーツの人が乗っているのに気づきもし、結構活用されてたんだな、意識していないものは存在していても見えない。「ぴーすくる」はピース＝平和来るとbicycleの語呂合わせだろう、どうして広島のシェアサイクルがそんな名称なのかといえば原爆を落とされ復興した都市だからだろう。「広島」といえば「平和」である。

自転車で江波《えば》から平和記念公園に向けて走る。電動アシストつきで楽だ。広島で5月に開催予定のG7サミットを寿ぐらしい立体花壇があった。川沿いを走った。八重桜が見ごろで花見している人もいた。旧広島市民球場跡地を抜けた。自転車降りるべしという表示があり降りて押した。球場跡地にはこの春カフェや店や広場などのある施設ができており人々が行列し飲食し賑わっていた。イベント中らしいマイク越しの明るい声も聞こえ、ここにもサミット関連の案内があった。その先の中央図書館へ行き自転車を駐めた。原爆ドームからも近いこの図書館は移転が問題になっている。1974年に建てられ老朽化で建て替えが必要らしいのだが同じ場所での建て替えではなく全く別の築24年の商業施設ビルに移転すると決まり、その決定プロセスが急だし公共図書館の商業施設への移転は本当に妥当なのか貴重な資料の保全や管理や活用がきちんとできるのか利用者にとって不都合はないかそもそもなぜいまの場所に建て替えるんじゃダメなのか等を疑問視する市民から反対意見や署名が提出されたのだが移転は市議会賛成多数で可決された。本を返して借りて違う出口から外に出て自転車まで図書館脇を歩いた。四角い池があって岩のオブジェがあって鳩がいてガラス越しに自習室に座って読んだり書いたり考えたりしている人が見える。木々が明るい陰をつくっている。自転車に乗ってアカデミイ書店へ行って古本を買い自転車をポートに返しバスに乗り郊外の自宅へ帰った。

その日4月9日、広島は統一地方選挙投票日だった。私は期日前に投票した。結果は34・53％の投票率で図書館移転については丁寧に説明し理解を得たとする現職市長が当選し県議選は34・94％市議選は過去最低34・40％の投票率で河井《かわい》元法相の大規模買収事件で在宅起訴中の議員が4名当選した。広島の投票率の低さについては前も書いたことがある。平和来ると名乗る電動アシスト自転車が走り現総理大臣ゆかりの地でもうすぐG7で平和教育教材からはだしのゲンと第五福竜丸の記述が削除された都市の投票率が相も変わらずバチクソ低いこと、労働や介護育児体調不良等で身動きが取れなかった人もいるかもしれないがそれにしたって6割5分の人は自分がなんの意思表示をしなくても現状平和でこの先ももっとずっと平和でいられると思っているのだろうか。この場所でまさにいま目の前で戦争が起きていないならそれは平和なのか？　社会の、身の回りの、さまざまなものについてそのあり方決められ方消され方忘れられ方について意識して選び続けること、その継続の先にしか平和なんてない。ちゃんと選んだほうがいい。

歩き話し

歯医者の予約に歩いていたら前方に小柄なおばあさんがおり追い越す間合いになった。狭い歩道で、追い越す場合はいまからあなたを抜きますよという圧を出しつつ速度を上げ気味にする感じになる。そうしようとして、まさにいまおばあさんと並ぶ、という瞬間におばあさんがくるりとこちらを見て「見て、桜の木」道の脇に花が散って葉が茂りつつある桜があった。アッはい。「もうちいちゃい実が、なりよる」見れば葉っぱの中に緑色の実が見える。そうですね。「ね、サクランボ」この木のさくらんぼは食べられる。去年初夏この同じ場所で突然立ち止まった知らないおじいさんにホラさくらんぼなってるからもいで食べなさい誰のものでもないんだから鳥が全部食べちゃう前にホラと促された。「えらいねえ、木は、ちゃんと順番をわかって、寒いうちから準備して芽つけて花つけて実をつけて、しよる」おばあさんの目は黒くキラキラしている。マスクは白い。手に赤い椿の柄の巾着を下げてシュッシュと振っている。そうですね、と答えつつ半歩おばあさんの前に出た。「木はえらい、自然はえらい」やーほんとそうですね。会話が成立しつつあるのにこのまま抜き去るのは感じ悪いだろうか、しかし私はすごく急いでいるわけではないがのんびりおしゃべりしつつ歩くと予約に遅れないかハラハラしそうだしそれを説明するのも、といって失礼しますとか挨拶するのも変だし、大体知らない人と並んで歩いて話すこと自体ちょっと屈託がなくもない、私は無意味にマスクの中で笑顔を作りながら速足を保った。斜め後ろから「自然はえらいのに人間はばかじゃねえ。いらんことばっかりしてから」ええ、ええ。ほんとに、ほんとに。おばあさんが人間のどういう行動をいらんことと言っているのかはわからないが実際そうだろう、自然破壊、戦争、地球に意思があれば人類滅びろと日々念じているると思う。滅び方によってはもうすごくうっとうしいことになりそうだから人類発生前にどうにかしときゃよかったとか。多分おばあさんと少し距離が開いた。足音と巾着のシュッシュの気配が遠ざかっている気がする。「ほいじゃねえ！」はっと振り返ると意外とまだ近いところにいたおばあさんが私に手を振った。私は会釈しつつ必要以上に急いで足を動かした。

私はよくお年寄りに話しかけられる。先日も中央図書館を出たところですいませんと呼び止められ「映像文化ライブラリーはどこでしょう？」広島市映像文化ライブラリーは中央図書館に併設の施設なのでどこでしょうもなにもここなのだが確かに入り口がわかりにくい。あ、そこから入れますよ。「ああそうなのね、初めてなんですよここでお友達と映画のお約束しててね。上映会があるんですって」そうなんですね、いいですね。「間に合わないかと思ってハラハラしちゃって！　ありがと！」いえいえ。あの人は無事お友達と会っただろうか、なにを観たのだろう。ふわっとなにかが足首に当たって見ると靴紐がほどけている。立ち止まって道の隅で結び直していると足音が「また会うたね！」さっきのおばあさんが赤い巾着をシュッシュと前後に振りながら颯爽と私を抜かしていった。また追い越すのもなと思ってしばらく背中を見送った。別に並んでおしゃべりして歩いたってよかったのだ。人間はほんまにいらんことばっかりして、ばかじゃ。ばかじゃねえ。おばあさんは鼻歌でも歌っているのか体を左右にゆすっている。

おはぎ

子供がガチャガチャを回した。ぺとぺとくっつくボールのガチャだ。手にすっぽり入る大きさでぺとぺと柔らかく、薄い表皮の中にスライムのような柔らかいものが入れてあるようだ。何色かあったのだが出てきたのは黒だった。黒だね、渋いかね、大人っぽいよ。壁など平面に投げるとぺたっと潰れてくっついてからゆっくり剝がれて落ちる。引っ張ると伸び、握ると指の隙間からむにゅっと出る。黒い皮が伸びて白い中身が透けて見える。手を離すと黒い球体に戻る。

子供はしばらくしてまた同じガチャを回した。別の色のも欲しかったらしい。ラインナップには空色とかきれいな色のほか金や銀もあるという。出たのはブロンズ色だった。銅色、若干光沢はあるものの置いてあると茶色に近い。黒と茶色、子供は多分少し落胆していたがボール同士をぎゅっとするとこれまたよくくっついて変な形になって面白い。くっついてから剝がれる間合いが特に愉快で飽きない。

愉快で飽きないのだがぺとぺとしているのでホコリがつく。机の上も意外とホコリあるんだね、床に置いたりしたらすぐにまみれ、黒と茶色だからすごく目立ち見ていて快いものではなくお前んち掃除が足りないんじゃないかと語りかけられているような気もする。ぺとぺと感も損なわれる。水で洗えばホコリはとれるがとれたそばからまたまみれる。キリがないので洗ったボールをラップに包んで机の上に置いておいた。こうしておけば次遊ぶときまできれいにぺとぺとのままだ。

買い物へ行き帰宅すると机におはぎが置いてあった。あれっ、おはぎがある、やった、でもなんでと思ってすぐ、それがラップで包まれたぺとぺとボールだと気づいた。いままで食べ物に見えたことなんてないのにラップに包んだ途端食品っぽくなるのはすごい発見だ。黒と茶の色合いがあんことか黒胡麻とかよく煎ったきなことかそういう和菓子っぽい感じに見え、大きさも自身の柔らかさでちょっとつぶれている球形もそれらしい。ちゃんと見れば全然おはぎじゃないしおはぎは直《じか》にラップで包んだりしないしそもそも自分でさっき包んだくせに……呆れながら、しかし、その日私は台所に立って手洗いに行って郵便を受け取って戻ってきて机の上を見るたびにあれーおはぎがある、やった、と思った。おはぎだ、おはぎだ、さすがに3回4回驚いて喜んだあたりで慣れた。けれど、翌朝起きて最初に見たときやっぱりあれれおはぎだーやった、と思った。しかも、やった、と思うたびに嬉しい気持ちになって、違うとわかってもその嬉しさがちょっと残るというか、脳に喜び物質が出て、それが実はおはぎじゃなかったという気づきによっても別に打ち消されることなく残り続けているというか。これがもし最中とか苺大福とかどら焼きとか亀屋川通り餅とかだったらやったーと思った後になんだないのかと気づいて落胆したと思う。そうか、私、おはぎは好きだけどそんなに大好きでもないのか、どおりで自分じゃあまり買わないな、でももらうととても嬉しい……

私は自分とおはぎとの距離感を初めて認識し、そして子供はラップに包んで以降ぺとぺとボールで遊ばなくなった。触りもしない。別にこれ剝がして遊んでいいんだよと言っても「うーんいまはいいや」なんで？「なんとなく」ボールはラップに包まれたまま食卓の隅に黒銅並んでじっとしている。食欲と遊び欲は両立しない。人間は不思議だ。

休日のパーク１

大きな公園へ行った。トイレに行こうと家族から離れて歩いた。芝生、ピクニックシート、ワンタッチ日よけテント、シャボン玉が吹き上げられひとつひとつ小さい虹になって空、公園というかパークと呼びたいような好天の休日、キッチンカーからソーセージを焼く香ばしい匂いがする。ミニチュアダックスフントを連れた少年がいた。小３くらいか、犬は腰を落とし前進に抵抗しているのに少年はずんずん歩き犬を引きずっていることに気づいてすらいないようだった。犬は困ったような顔、ちょっと下半身が震え、え、これ嫌がってるというよりなんかこう……私は慌てて少年にねえちょっとと声をかけた。少年はぎょっとこちらを見上げた。努めて明るく優しい声で、あのさ、犬、うんちじゃない？　少年はまたぎょっと犬を見下ろした。少年が立ち止まったのを幸い、犬は尻を芝生につけないギリギリのところに落として静止しいきみはじめていた。「あー」少年は手ぶらに見えた。あのさ、うんち拾う袋とか持っとる？少年は首を横に振った。お家の人とかは？　少年はあっちだというような仕草をした。フリスビーを投げる人よちよち歩きの幼児に歓声をあげスマホを向ける人ソフトクリームを掲げている人、どれが彼の家族かわからない。ちょっと待っててねおばちゃんなんかリュックにビニールあるかも、「もってて」少年は私にリードを渡した。えっ。私が受け取ると少年は走り出した。排便を終えた犬も彼を追って走り出した。私は慌てて手に慣れぬ握り心地のリードを引いた。芝生の上にし終えた便がある。人ごみの芝生にこれを放置するわけにはいかない。犬はさほど抵抗せず今度は自分の便に顔を寄せようとした。私はまたぐっとリードを引きそこから伝わってくる犬の呼吸、鼓動、別に少年は私を信頼しリードを預けたのではなく言うてはなんだがなにも考えていないのだろう、こんな小さい犬簡単に抱えて連れ去れる、しないけど。子供の危機管理能力、人を信じる心疑う力、犬はなにか諦めたのか寝そべって上目に私を見た。私もしゃがみ手を出して犬の背中あたりを撫でた。別の種類の生き物がなにかの機縁で自分とこうやって関わって息をしていることのありがたさかわいさ柔らかさ温かさ、犬だ、犬だ、実家で犬を飼っていた。またいつか飼えるだろうか、そのためには引っ越さねばならないしお金も必要だし……誰かが踏んだりしないよう便と犬を交互に見る。体格から想像されるよりこの便は大きい。犬の顔は白っぽい。思ったより老いた犬かもしれない。犬はヘンッと聞こえるため息をついた。

「すいませーん!」人を縫いながらさっきの少年と、ふわっとした白いブラウスを着た高校生くらいに見える女の子が走ってきた。女の子は手にティッシュを持っていた。ティッシュ? え、袋じゃなくて? 犬はくるりと立ち上がり尾を振った。私は少年にリードを返した。「すいませーん!」あ、そこに、いま出た……「あーもーほんとすいませーん!」女の子の声は明るいが目は合わない。女の子は2、3枚重ねたティッシュで便をくるりと持ち上げるとそれをきゅっとチューリップ形にした手で包みこみ「すいませんでしたー！」と元来た方に走って行った。少年もすいませんでしたと小さい声で言って女の子に続いた。犬は彼について行った。犬は明らかに喜んでいた。芝生の上にはもうなんの痕跡もなく私は歩いて自分のトイレに向かった。（続く）

休日のパーク 2

芝生広場で犬と少年を見送りトイレに行った。女子トイレは和式2、洋式1、和式で用を足して出ると待っていた人が入れ違いに入り共有部分に私だけとなり個室は満室、手を洗っていると鏡におじいさんが映った。ハッと振り返るとおじいさんは個室前をうろうろしている。認知症とかかもしれないし男子トイレのつもりなのかも、私はすいませんここは女子トイレですよと言った。おじいさんはこちらを見たように見えたがなにも言わずに首を伸ばしたり引っこめたりした。耳が遠い、聞こえない、もしくは話せないのかも、犯罪を犯そうとしている人には見えないが見た目で判断していては防犯にならない。私は少し大きめの声にして、なにかお困りですか。おじいさんはこちらを見て無言で視線を戻し太い眉を上下に動かした、聞こえてはいる。どうしたものかと思いつつトイレの外に半身を出した。認知症的なことなら近くに家族とかいるのではと思ったのだ。そこには5、60代に見える女性たちが肩を寄せ合い期待をこめたような目で私を見た。ひとりが「あの、いま、おじいさんが」ええ中におられますお知り合いですか？「まさかあ」「まー怖い」「ねー怖い」女性らは顔を見合わせ頷いた。「ね、ね、変な人？」いやわかんないですけど。わかったら苦労しない、女子トイレと外界の中間に立って女性らとおじいさんを見る。誰も個室から出てこないし水音もなにもしない。「怖いわね」「ねー」「トイレ入れない」「ねー」いや怖いんならあなたたちも一緒になんかおじいさんに言ってくださいよ私だって怖いし個室の人だって怖かろう。私は再度おじいさんに向いて更に声を大きくしてあのう、ここは！　と、トイレ前の小さいベンチに座っていたおばあさんが明るい声で「うちのトイレなん」と言った。え？「うちのトイレなん」え？　おじいさんは突然こちらを向いて私にではなく女性らにでもなく誰に言うでもないような顔の角度で「ここは女子トイレじゃろうが！」と言った。薄笑いを浮かべていた。「うちのは和式にようかがまんのじゃ。それか、ばあさんは使うちゃいけんトイレなんか。ああ？　ばあさん禁止のトイレなんかここは、ああ？」要はおじいさんは妻のため洋式の空きを確保したかったのだ、へーそうなんですかそれはお優しい、いやだったら私が女子トイレですよって言ったときそう言ってくれたらよくない？　そしたらこっちだってそうなんですねとかじゃあ空いたらお呼びしますよとか、言えたことない？　さっきまで入り口で怖がっていた女性らが口々に「でしたらあちらに多目的トイレありますよ」「お2人で入れましょう」「多目的広いから」「多目的だから」「じゃあそっちいこうか、おじいさん」「あちらですよ」「男子トイレの向こう！」「うふふ」「ふふ」おじいさんは女性らに傲岸《ごうがん》に頷くと私には目もくれずおばあさんに手を貸しながら多目的トイレへ行った。女性らはあーよかったわーみたいな様子でぞろぞろ女子トイレに入った。私が憮然としているとポニーテールの女の子がトイレから出てきて走り去りながら一瞬私の目を見た、気がした。つやつやの頭頂部に薄紫のシュシュが透けていた。家族のところに帰ると「えらい長いトイレじゃね、混んでた？」いや違うんよ……泣きそうになるのと怒るのと笑い出すのとどれにしようか決めかねて、いまね、トイレでね、トイレがね……まだお昼前、泣き声も鳴き声も笑い声も聞こえるパークの休日は続く。

川を上る

4月半ばにアメリカの知人が新婚旅行の道中に広島に立ち寄ってくれた。2人とも広島は初めてではなく宮島も原爆資料館も行ったことがあるとのことで、今回は船に乗って街を見ることにした。せっかくなので夫と子供も一緒に来た。広島は中心部に複数の川が流れる街で、大きな川の分岐にある特徴的なT字の橋が原爆投下目標地点となった。そのそばの原爆ドーム前から船に乗る。船着場にはほかにたくさんの人がいたが彼らは宮島行きの便に乗るようだ。船が出るとデッキブラシ様のもので対岸を掃除していた男性らがこちらに笑顔で手を振った。サミットの準備ですかねと聞くと船頭さんが「多分そうでしょう、あと1ヶ月くらいですしね」我々は一応手を振り返した。

屋根はあるが壁はない船で川を上る、風が心地よく水面から見る建設中のサッカースタジアム、ビル、橋をくぐり、民家、なぜか川原に自転車が1台真逆さまに立ててある。船頭さんが草木の茂る中洲を示し「鳥の楽園と呼ばれています」鷺《さぎ》など営巣しているそうだ。知人にバードパラダイスと言う。我々は英語が十分に話せない。向こうも日本語はほぼ話さない。お互い理解し合おうという努力によってなんとか成立するコミュニケーション、彼らはcoolなどと言い写真を撮る。いま鷺は見えないが川に鵜《う》がいる。鵜は英語でなに、というか鷺もなに、調べるスマホを待たず鵜は水に潜り姿を消す。船頭さんが「あちらの土手は木が多くて水面まで垂れてジャングルみたいだったんですが……伐《き》られてますね」そうなんですか。「何十本……サミットでしょうね」え、この辺サミット通ります？「わかりませんが……こんなこと初めてですね」スナイパー対策？　なんと言っていいかわからないのでたくさん木が伐られたというようなことを英語で言う。彼らは悲しそうな顔をする。もしかしたら昔の話と思ったかもしれない。アッ。誰かが声をあげた。なにかが水に浮いている。茶色い毛が生え脚が長い。ほっそりした鹿が体を曲げて死んで浮いている、ディアー。彼らは頷いた。宮島のが流れてきたんですかね。「でしょうかね……」ディアーフロムミヤジマ、プロバブリー。広島の川は川というより細長い海だ。水は上流から流れるだけではなく干満に乗り海からも上ってくる。舐めたらどの地点から塩辛くなるのか。この流れに無数の人が落ち、飛びこみ、引き上げられあるいはそのまま流され、沈み、75年は草も生えないとも言われてでも春になったら芽吹いて、それを英語で私はよう言えない、が多分彼らが知らないわけでもない。船を降り日本庭園を観て美術館を観てうどんを食べ被爆建物である袋町小学校平和資料館を見学し熊野筆の店へ行ってかき氷専門店で複雑なかき氷を食べた。日本のかき氷はおいしい、大好きだと彼らは言った。アメリカのと全然違う。広島の次は屋久島へ行くという。ジョーモンスギを見る？　そうしたい、でもそのためにはすごく歩かなきゃいけないみたい。

その少し後、地元紙に川沿いの被爆樹木をうっかり切ってしまったという記事があり夫と顔を見合わせた。サミット関連予算で木を切る作業中、爆心地から約2キロの被爆シダレヤナギまで切ってしまった、作業を発注した県の部署は被爆樹木だと認識していなかった、とのこと、それも3月に切られていたのが市民の通報でやっと発覚したという。この文章が世に出るころにはサミットは無事、終わっている予定だ。

マーマレード

甘夏とはっさくをたくさんもらった。去年も同じようにたくさんもらってマーマレードを煮た。とてもうまくできた。市販のより断然おいしいんじゃないの！　というくらい、甘味酸味のバランス、皮の食感香りほどよい苦味、休日のトーストに塗って食べ、スコーンにこんもりのせ、醬油味のタレの隠し味に加えて堪能した。ジャムは嫌いだがマーマレードはおいしい、だから今年もマーマレードを煮たい、しかし私はいま仕事や家のことや心身の不調などがワッと塊状《かたまりじょう》に重なって忙《せわ》しない。たまにこういう時期がある。少し先に入念な準備が必要な仕事も控えている。私はなにかを同時進行でやるのが苦手で大した作業量でもないのにすぐ混乱してしまう。歩くと床の本が崩れ窓を開けると机上の紙類が飛んでいく。学校のプリント、メモ、要返送……

去年のマーマレードはものすごく時間がかかった。皮の内側の白い苦い部分を削り取ってから刻んで水にさらして茹でて水を換えてまた茹でて、果肉を薄皮から外してほぐして、種を集めて袋に入れて、その全てを鍋に入れて煮て砂糖も加えて焦げないようにかき混ぜつつアクをとってとろみがついたら種の袋を取り出し煮沸《しゃふつ》消毒した瓶に詰める、慣れなかったせいもあり、なかなかとろみがつかず火を強めたり弱めたりレモンを足したりして、楽しかったが掛け値なしの一日仕事だった。確か夕食まで遅れた。今年は2度目だからもっと手際良くやれるはず、でも、それにしたって1時間2時間で終わるとは思えないし焦ってやったら失敗しそう、マーマレードを煮る合間に仕事をやったらいいとは思うが焦がしたりしたら台無しだし、もらったときはハリと光沢があった甘夏とはっさくは徐々にその光を失い萎《しな》びつつあるように見える。ああいう大型柑橘は皮が乾いてしまってもカビてさえなければ中の果肉は結構無事で食べられたりする、そうなってしまえば心置きなく皮を捨てて中身だけ生で食べたらいいではないか、夏ミカンを食べるときちょっと重曹をつけると口の中で炭酸のように弾けて楽しいというのは金井《かない》美恵子《みえこ》さんのエッセイで読んで以来心躍る食べ方でそれは甘夏でもできる、でも、手間と時間をかけさえすれば最高においしくなる皮をみすみす捨ててしまってよいのですか……

実を言うと去年のマーマレードもまだ1瓶残っている。うちは平日パンを食べないしスコーンだってタレだって頻度はそんな高くない。だから、なんにしても、まずはこの1瓶使い切ってからじゃない？　でもそんなのいよいよ甘夏とはっさくは萎びてしまう、願ったり叶ったりじゃないかそしたら皮捨てなよ、いやそんなこと私は願っていない、逆に言えばこのおいしいマーマレードはあと1瓶でなくなってしまってどれだけ探してもお金を払っても売っていない、うかうかしている間に鮮度が落ちて同じように作ってもおいしいマーマレードにならなくなってしまうかも、私は今夜徹夜してでも仕事先や家族に不義理してでもマーマレードを煮るべきなのかもしれない。どうしていいのかわからない。冷蔵庫を開けてちょうど1年前の日付ラベルを貼ったマーマレードの瓶を見るたび、もらったまま箱に入っている甘夏とはっさくを見るたび、ぐちゃぐちゃと納期や自分や家族の予定が書きこまれたカレンダーを見るたび、机でうたた寝して目覚めるたびもうどうにかなりそうにマーマーレードを煮たい。

東京の印象

テレビでアントニオ猪木《いのき》が愛した焼肉店というのが紹介されていた。亡くなった著名人が通った店を紹介するコーナーだった。先頭を切って店に入っていらして、赤いマフラーを巻いて、というようなことを当時を知るオーナーが語った。私が新人賞を取ったとき、もう12年も前だが、東京の出版社へ行った。東京の出版社なんて私にとっては本とかテレビの中にしか存在しないような存在で、そんな場所に自分が行こうとしているのがちょっと信じられなかった。編集者氏の電話とメールによると私は新幹線で東京駅まで行ってから「東西線」という地下鉄に乗るのだという。地元には路面電車はあるが地下鉄はない。東京には行ったことがあったが家族とか現地に住む友人などが一緒だった。今回はひとり、新幹線を降りていきなり自分が右に行ったらいいのか左に行ったらいいのかわからなくて呆然とした。人がたくさんいた。たくさんいるだろうと思っていた想像よりずっとたくさんいて、しかもどの人も私のように呆然とはしていないように見えた。見たことがないような色の髪の人が黒い上下を着てしゃかしゃか歩いていた。洗練された服装の母子が手を繋いで語り合っていた。母親は化粧をしていなさそうなのに目と頬が輝くばかりに美しかった。色とりどりの線が交わり分かれ伸びている路線図を見上げ、東西線は青い線にT、想像より長く歩いてホームに移動し、方向を何度も確認してから車両に乗り指示された駅で降りた。地下鉄が地下を走っているというのは走っている間はあまりわからないものだなと思った。でも音はすごい。駅から外へ出る階段を上っていると強い風がこちらに吹きつけてきた。これは今日のいまだけのことなのかいつもこんなに風が吹いているのか。駅を出て歩いて出版社に着いて受付で名乗って呼んでもらった編集者氏は電話とメールから想像していたのとは全く違う雰囲気の人だったが話すと同じ声と話し方だったのでほっとした。

挨拶をして、話をして、受賞記念の写真も確か撮った。1泊してそして帰りの東京駅で私はアントニオ猪木を見た。アントニオ猪木はスーツを着て赤いマフラーを首に巻いてまっすぐ歩いていた。ア、ア、ア、アントニオ猪木だ！度肝を抜かれて、東京ではしばしば有名人に遭遇するとは聞いていたがその最初がアントニオ猪木だとは、誰だったなら想像通りかわからないがまさか。そっくりさんとかかとも思ったが彼の周囲を7人くらいの人が一緒に歩いていて護衛かスタッフか、やはり本物だ。集団の中心を歩くアントニオ猪木はイメージより小柄だった。いや多分全然小柄ではないはずなのだが距離感、ライトや演出こみの画面越しに、あるいはなにかの瞬間を固定した印刷物を通じて見ていた人を直に見たときの脳の処理のズレ的なものかもしれない。東京駅を行き交う人々は7人を従えたアントニオ猪木を見ても誰も驚いたり取り乱したりしていなかった。私以外全員が平然と目的地に向かっている。東京はすごいところだと思った。本当にそう思った。

以来たまに東京へ行く機会がある。東京駅ではいまでもいつでもおたおたするが私以外にもおたおたしている人は結構いるなと思うようにもなった。駅員さんになにか訴えている人もいるし立ち尽くす人もいる。私は東京という文字を見るたび書くたび、とうきょう、という音声を聞くたび言うたびにまっさきに必ずアントニオ猪木を思い出す。

喪服

少し前のことになるが、久々に喪服を買う必要が生じた。それまで持っていたものは確か20代に母が用意してくれたもので試しに久々に着てみると丈が短く上半身もきつい。時間に余裕がなかったので近所の店に行って探した。女性用喪服は大体ワンピースに上着のセットで、どれも似ているようでひとつひとつ検分すると違い、とはいえ目的が目的だし選んでいて楽しいとか目移りしちゃうという感じにはならない。粛々と3着絞って試着した。1着目は体のサイドに沿うようにファスナーがついていて着るのがとても楽だった。元々持っていた喪服はファスナーが背中の真ん中で、着たり脱いだりする時は腕をぐっと上げねばならなくてややしんどかったのだ。近くにいた家族にファスナー上げて頼んだこともあるし頼まれたこともある。試着2着目もファスナーは横にあった。さっきのより体の前に近く、ちょうど胸の辺りをファスナーが通っているのだが、布の切り替えでうまいこと目立たないようにデザインされている。3着目のファスナーもそんな感じ、だから試着室の中でもハラハラしないで済んだ。「お疲れさまでした、いかがでしたか」2番目に着たのにします、そうこれです。「ではお包みしますね」あのー、最近のこういう服ってファスナー横とか前なんですね。「そうですね、やはりその方が楽ですしね。以前はファスナーがお背中のものがほとんどでしたけれど最近は」いいことですね、それはいいことですね。喪服なんて旧態依然としていそうなものにもちゃんといい変化があって、スカートではなくてパンツタイプも増えているらしいし防寒を考えてうっすい黒いストッキングじゃなく厚みのある透けないタイツでもいいじゃないか靴もヒールなしでもいいじゃないかという声も聞かれるようになっている。いいことだ。

買って帰って数日後果たして喪服を着ることとなった。もちろん悲しく寂しく、また親族としての慌ただしさもあって、お通夜、お葬式、焼き場、久々に会う親戚と頭を下げあってこのたびは、お気を落とされないでね、いえほんとうに安らかな顔で、幸せだったと、思う、あらーこの子あの赤ちゃんだった子？　まあ大きくなって……今更気づいたのだがこの喪服にはポケットがない。ワンピースにもジャケットにもひとつもない。ハンカチとか、あとはとっさに子供を抱き上げないといけないとか手のアルコール消毒とかそういうときにいちいちバッグを開けることなく一時的にお数珠を入れられるような、横にいる夫を見れば上着にもズボンの左右とお尻にもポケット、ハンカチと数珠どころかスマホに財布にねじこめば多分文庫本とかも入る。私の前喪服にもポケットはなかったし尋ねると母のにもないと言う。児童や幼児や赤ん坊連れの従姉妹とかのを見てもなさそう、ポケット、ポケット、喪服のファスナーが後ろだと腕がしんどいから横にした方々、今度はポッケです。ポケットをお願いします。そもそも和服ならそういうちょっとした物をどうにかする隙間は事欠かず懐もたもとも帯のところにもいけて、それが洋服が一般的になったときにこと女性用のものだと途端に不便さがデザイン性とか儀礼とかいう理由でスルーされてしまうようなことは多分他にもたくさんある。帰宅して検索するとポケットつきと謳《うた》う喪服がヒットしたので探せばちゃんとあるようだが探さなくても全喪服標準装備ポケットをお願いします。

お金

いらない家具類を整理する必要が生じた。もともと炊飯器用だった、上に炊飯器用の空間がある棚、本しか入れていないのにキャスターがダメになったキャスター本棚、棚板が反った組み立て式合板家具など複数を処分することになり業者に引き取ってもらうことになった。自力で処分場に持っていけたらよかったが量的に無理だった。業者が来るまでに中に入っているものを分別なり処分なりせねばならない。

炊飯器棚はもともと台所に置いてあったのが引越しで間取りが変わり台所には不要となり居間に置かれたものの、その前に別のものを置いてしまったせいで開け閉めが困難になり実質ここ数年死蔵スペースになっていた。上に浅い引き出しがあって、その下は両開きになっている。引き出しを開けるとドラえもんの付箋が出てきた。ドラえもんミュージアムのお土産にもらったものだ。もらったときは感謝したのにすっかり忘れていた。もったいない、付箋はとてもよく使うのに袋を開けた形跡さえない。1枚めくると糊は生きている。ありがたく使う。ヤマトの送り状が山ほど出てきた。なくしたと思っていた個人情報隠しスタンプが出てきた。ご祝儀袋セットも出てきた。水引部分が曲がってしまって新品なのに使えない、もったいないなあ、ご祝儀袋の間から無地の封筒が出てきて開けるとピン札が3枚入っていた。お金！　これは多分、なにかお祝いを用意したとき多めにピン札に変えて次の機会に備えたつもりで忘れたんだな……お金が出てくるのは嬉しいがちょっと雑、よくないな、両開き扉の中に立てて詰めこんであったファイルの1冊を引っ張り出すと昔の職場の作業メモとか手順書などの紙類が出てきた。旧姓の名刺もある。懐かしい。別のファイルには10年くらい前の編集者の書きこみ入りの私の小説、あー結局これ掲載できなかったんだよな、いま使っているのとは違う余白や行間のワードのプリントアウト、紙の縁がちょっと黄ばんで、長いな、私がいままで書いたどれよりこれ長かったんだよな確か、せっかく読んで書きこみもしてもらったのに直せなくて……ファイルからは茶封筒も出てきた。またお金が入っていた。数千円、え？　新聞の切り抜きのファイルがあった。子供の出産関連書類のファイルもあった。産院の案内、帝王切開の麻酔の説明、子供の名前と親戚の名前が書いてあるご祝儀袋も出てきてやっぱりお金、待って待って待って、その棚からは他にも封筒に入ったお金がぞろぞろ出てきて計12万円、慄然《りつぜん》とした。お祝いなど由来がわかるものもあるがなんのお金なのか推測すらできないものもある。多分これはあれかな、立て替えたなにかを誰かから返してもらった？　手渡しの給料？　交通費？　親か祖父母からお小遣い？　いつの？　12万なんてめちゃくちゃ大金、私の経済状況からして忘れていていい額じゃない、お金持ちはお金を大事にする、財布のお札の向きとかちゃんと揃えると聞く……1円を笑う者は1円に泣く、ならば12万円忘れ去っていた者はどんなロクでもないことになるか、さすがにこの金額を黙っておくのもなと思い夫に言うと目を剝《む》いた。子供のお祝いなどはそれ用の口座に入れ、結局誰のなんのお金かさえはっきりしない分は家具類の処分費をそこから払って残りは生活費の財布に入れておいたらちょこちょこ使って気づいたらなくなっていた。ひどい、だからいつまでもお金が貯まらない。

ベランダ

デンマークで文学祭に参加するため10日ほど家を空けた。夫にベランダのメダカ入り睡蓮鉢の管理を頼んだ。鉢からは日々かなりの水が蒸発する。だからときどき水を足してね、バケツに汲み置きしてあるやつね、水道水そのままはメダカに悪いから、あと餌も……数日前、姫睡蓮に初めてのつぼみがついた。鉢には普通の睡蓮と姫睡蓮と呼ばれる小型の睡蓮が植えてあって睡蓮には一昨年も去年も今年も花が咲いたのに姫睡蓮にはいままでつぼみがつかなかった。睡蓮はつぼみから咲くまで時間がかかる、こないだ咲いたのは1ヶ月とか、だから私が不在の間につぼみが開くことは多分ないと思われたが姫睡蓮は睡蓮とは違うかもしれないし気温や日照の影響もあろうし、だからもし咲いたら写真撮っといてくれる？　夫は快諾したが、睡蓮は朝明るくなってから開き夕方には閉じる。夫の出勤と帰宅の時間を考えると平日は開花を目撃すらしない可能性も高い。休日には子供と出かけたりもするだろう。とはいえ私が家を10日も空ける時点で夫含む家族には負担をかけている。水を足せだ汲み置きだメダカに餌だと頼んだ上に、他のことをさしおいて睡蓮鉢を観察しておいてくれなんて言えない。

ベランダにはほかにシソとパクチーの植木鉢もある。シソは初めて育てたが調子良く葉が茂り、挑戦2年目のパクチーは去年は水をやりすぎたのかひょろひょろ細長く伸びてぐんにゃり黄ばんで枯れたが今年はいまのところ茎も太くなり葉っぱを摘んで週2で薬味にできるくらいにはなっている。だからこの植木鉢は土が乾いたら水をやってくれる？　「いいよー了解、了解」　出発前日、荷造りや行程を確認する合間に見るとパクチーの葉先が妙だ。アブラムシがたかっている。びっしり、葉が縮《ちぢ》れ、いままで気づかなかったのが嘘のように、いつからどこから、アブラムシは小さいのにたくさんつくと植物はみるみる弱る。私は素知らぬ顔でアブラムシがついている葉先をちぎった。アブラムシは賢い、というか敏感、駆除しようと顔や手を近づけるとその気配でぱらぱら落ちる。振動とか体温とかを感知しているのかもしれないが間合いとしてはどう考えても殺意を察知している。だから殺意もなにもないふりで視線も感じさせないように動く必要がある。横目で見ると他の葉っぱの裏や茎にも、密集してはいないもののアブラムシが複数、できる範囲で潰したりちぎったりしたがすでに多くのアブラムシが静かに土に降り立った気配もする。地面のアブラムシは決して見つからずほとぼりが覚めたころまた植物に登ってたかる。絶好調のシソにも伝播するかもしれない。10日間……私は夫に、パクチーにアブラムシ、もし見つけたら駆除、あのう、殺意や視線を感じさせないようにさりげなく近づいて素早く葉っぱごとちぎるか指でアブラムシだけ潰すとか、してもらえる？　できる範囲でいいけど……夫は怪訝《けげん》な顔をした。「そんな複雑なこと、できるかな？　やってみるけど」頼むねありがとうね、夫はパクチーがあまり好きではない。

帰国し帰宅し確認するとアブラムシは数匹いたが惨事にはなっておらず、ただなぜかパクチーの葉の一部が細かく枝分かれして別のハーブみたいな形になっていた。セルフィーユとかディルに似ている。えっ、なんで？　いつから？

「なにが？　アブラムシ何匹か潰しといたよ」メダカも元気、ベランダは暑い、つぼみはまだ水中にじっとしている。ただいま。

ルバーブ

中学生のときに読んだ林望《はやしのぞむ》のエッセイでルバーブという食べ物を知った。もっと前に読んだプーさんとかメアリー・ポピンズとかドリトル先生とかに出てきてたかもしれないがはっきりしない。ルバーブは見た目は蕗《ふき》に似た植物の茎の部分で赤く、「梅やあんずなどと共通した、まことにさわやかな酸味をもち、臭いやくせなどは特にないので、パイに入れても、甘く煮てそのまま食べても上品な果物という感じで楽しめるのである」（『イギリスはおいしい』林望　文春文庫）……酸っぱい草の茎と読んで想起したのはスカンポだった。スカンポは俗称で私がそう呼んでいた草は正式にはスイバというらしいがとにかく道端や土手などに生えている草で、ぽきんと折って表皮をぴーっと剥いて齧るとじゅわっと水気が出て舌にキュッと酸っぱい。親になって振り返ると犬猫のおしっことかかかってるかもしれない道端のものを洗いもせず口に、とゾッとするが子供としては親が見ていないところでそのへんの草を折って剥いて歩きながら齧るというのが愉快痛快なのであって、だからルバーブはああいうやつか、違うか、あれは野外で齧るからぎりぎり成立する味で、砂糖で煮たりしたら逆に台無しだろう。

「The Great British Bake Off」という番組がある。お菓子やパン作りを競うイギリスのコンテスト番組で、日本でもEテレや配信等で観られて人気がある。そこにルバーブがよく登場する。タルト、プディング、ケーキ、やはりイギリスで人気、が、どうもおいしそうに見えない。蕗にもセロリにも似た筋張って硬そうな茎、太いの細いの、赤、濃ピンク、ほぼ緑色のものもある。子供のころルバーブを嫌がる私に祖母がルバーブのタルトをこれはチェリーアップルだと嘘をついたの、と語る出場者もいた。それで騙されて平らげて、好きになった。

先日デンマークに行ってこのほど初めてルバーブを食べた。北欧でも一般的な食材らしく、コンポートとアイスクリームとケーキとパフェを食べジュースも飲んだ。大変気に入った。見た目のようなない筋っぽさのないとろっとした食感で、林望が書いた通りさわやかな強すぎない酸味がありなるほどちょっと梅やあんずっぽいがそれらほど香りや風味が強くなく食べやすくバターやクリームとも調和する。煮たルバーブやジュースはモヤがかかったようなくすんだピンク色でとてもきれいだ。私の小説を訳してくださっているMette Holmさんがルバーブならその辺りに生えていますよと見せてくださった。赤ん坊ならすっかり包めそうなほど巨大な濃い緑色の葉の茂みの中に太い茎が何本も伸びていた。葉の影が濃くて茎の色はよくわからないが多分ちょっと赤みがある緑色、「もう時期を外れていますね」こんなに大きいとは思いませんでしたと答えつつ、いやこれスカンポに似てない？　サイズは違うが質感や葉の感じ……調べるとルバーブもスカンポもタデ科でルバーブはダイオウ属、スイバはギシギシ属、属は違えどめちゃくちゃ遠くもなさそう、やっぱりスカンポだったんだ、違うけど、もう30年くらい食べていないスカンポの酸味と青い香りが口腔に蘇《よみがえ》る。瓶のルバーブジュースを買って帰りたかったが荷物の都合で諦め、残念がって調べていると広島でもルバーブは栽培されていて、だから意外と身近な植物だったのにデンマークを経由しないと味を認識できなかったのは迂闊な感じもするが好物が増えたのはうれしい。

翻訳

小説を書くとき、書いたものを何度も読んで入れ替えたり消したり書き足したりまた入れ替えたり入れ替えたところを全てごそっと削ったり戻したりする。音読もする。リズムが悪い、読んでいて引っかかる、意味が取りにくいかも、似たような形容詞が近くにあって気色悪い、ここに句点か読点か「……」とか「!」とか入れるのかなにも入れないか。自分でこれだと思っても編集や校閲の人から直してはどうかと提案を受けることも当然多々ある。直した方がいいと言われた意図が理解できるのに変えたくないところもありそうなるとやっぱりまた繰り返し読み返すことになる。だから小説を書く作業のうち書いている時間よりも読んでいる時間のほうが本当はずっと長い。

文学祭参加のため滞在したデンマークではMette Holmさんに大変お世話になった。Metteさんは私の小説「穴」のデンマーク語訳「Hullet」の翻訳者で、村田沙耶香《むらたさやか》氏や村上春樹《むらかみはるき》氏なども訳しておられる日本文学デンマーク語翻訳の第一人者だ。滞在中、Metteさんが私の小説を訳すときに使っていた本を見せてくださった。鉛筆や蛍光ペンなどであちこち線が引かれ書きこみがしてあった。「このゴクツブシめ！」の「ゴクツブシ」が蛍光ペンで塗られ、鉛筆で線を引っ張った欄外に「穀潰し」と日本語で書かれさらにはいくつものアルファベットで構成された単語も書きこまれている。ゴクツブシのデンマーク語訳案……？　それから、会話文の「そうでしょう、ね」「建ってね」「したんだね」などの語尾の「ね」にも蛍光ペンで印がつけてある。そうか「そうでしょう」と「そうでしょうね」と「そうでしょう、ね」の違いを訳す……それってめちゃくちゃ大変だしなんというか不可能に近いんじゃないか。同じページではほかにも「ところがどっこい」「すこぶるつきの手管《てくだ》」などにも線が引いてある。「穴」は現代の話だがこういうやや古風というかまだるっこしい話し方をする人物が出てくる。「ところがどっこい」を「ところがですね」とか「すこぶるつきの手管」を「すごくすごい方法」などと書いたら全然違う人になってしまうわけで、自分で書いておいてなんだが多分相当訳しにくそうだ。

Metteさんの本を見てもしかしたら書いた私よりも翻訳者の人の方がずっと何度もかつ熱心に、私が書いた完璧や洗練からはほど遠い日本語を読み返しているんじゃないだろうかと思った。なぜこっちは語尾に「ね」がついてこっちはないのかそれもどうして「ね」じゃなくて「、ね」なのか考えながら、なぜそうしたのか説明せよと言われたら答えられない理由で私がカタカナで「ゴクツブシめ！」と書いた文字列にいくつもの言葉を当てはめながら。なんかほんとすいません、本当にありがとうございます。私はMetteさんの書きこみを見ながらちょっと泣いた。いままで読んできた外国語で書かれた小説もそうやって信じられないような営為の末に日本語に置き換えられ出版されてきたのだ、と、知っていたつもりで、でも初めて知ったようにも思った。「小山田さんの文章は特に訳すのに時間がかかります」Metteさんは微笑んだ。あーやっぱり……「次の作品もはやく訳したいですよ」そうですかそれは本当にありがとうございますこれからもよろしくお願いいたします、そうやって訳された本がデンマーク語でデンマーク語読者に読まれていると思うとほとんどそれは正真正銘の奇跡だ。

変身ドーン

7月9日放送の王様戦隊キングオージャーで戦士らが初めて一緒に変身しそれぞれ名乗りを上げてポーズを決めてドーンとなった。彼らが同時に変身し共闘する回はすでにあったのだが、今期の戦隊物は戦士1人1人がそれぞれ一国の王という異様に独立した立場と性格のため1つの戦隊としての意志を持って共に変身するシーンはここまでなかったのだ。泣けた。私は戦隊とかプリキュアで初めて全員揃って変身し名乗ってポーズでドーンという場面を見ると、特撮やアニメがすごく好きなわけでも詳しいわけでもないのだが絶対に泣いてしまう。

自分で分析すると、話の筋を踏まえて、反目し合っていた彼らがようやく手を取り合ってとか引っ込み思案なこの子が勇気を出してプリキュアにというような感動を覚えているわけでは多分ない。戦隊物では追加戦士を除く全員が一緒に変身ドーンが初回にくることも多く累積した感興みたいなものはその場合ないわけだし、1人1人増えていくプリキュア方式でも提示されているビジュアル等で何人揃うのかはあらかじめわかっておりこの人が次に変身するんだなということは次回予告で宣言されていたりするわけで、だから揃って変身なんてただの答え合わせに過ぎないのにどうにもこらえられないのはなんというか、ちゃんとみんなが順番を守って自分の持ち場と個性でもって動いて変身して名乗って他の人のを静止して待っていて最後揃ってドーン、というそういう辺りの段取りのけなげさ、現実ではあり得ない調和の感じにむしろ打たれている気がする。それが証拠に、2人体制のプリキュアだと泣かない。3人でもまあまあ、5人前後くらいの規模のときに私の泣きは一番強く発動する、気がする。こう、一目で全員が見渡せるがでも1人1人を見ると反対側の端っこの人は把握できないような、一様ではない関係の濃淡があるような。子供のころから団体行動が苦手だった。運動会や合唱祭など真面目にやっているつもりで輪を乱して怒らせたり困惑させたりするのが辛かった。5人とか6人くらいの班とかの小集団はさらに苦手で、クラスの掃除班とか課外活動班とか球技チームとかいま思い出しても吐きそうに嫌だ。全員初対面とかならまだいいのだが、一応全員を知ってはいるが家族でも友達でもない相手とのなんらかの目的達成を図るための小集団が駄目、つまり、でも、だからそれって戦隊物とかプリキュアじゃない？　そういう作品内でメンバーが初めから全員信頼し合って仲良しというパターンは少ない。大義のために脅威に立ち向かうため集められたり手を組まざるを得ないあいつらと俺が（あいうえお順で決まった班員と私が）、あるいはただのクラスメイトだったりちょっと違う世界から来て偶然出会ったあの子と私が（あぶれた私をしぶしぶ入れてくれたチームメイトと私が）、みんなの笑顔を守るため敵を倒すために（大掃除のため飯盒炊《はんごうすい》さんのため球技大会勝利のために）一緒に協力して頑張っていこうという、そういう5人くらいの小集団……私は自分が最も苦手とし恐れていたような集団で、1人1人が自分の持ち場で変身し互いを見守り合って名乗ってポーズを決めて最後ドーンというようなそういう事態を、無意識下で切望しあるいは得られないと絶望しそれで泣いているのではないか？　そうなのか？　だったらなんかすごく嫌だ、でも多分これからもきっと全員揃ってドーンときたら私は泣く。

挨拶 1

今年度初めての交通安全見守り当番の週がきた。小学校の登下校時間に合わせ1週間、支給された蛍光黄緑の交通安全タスキをかけ道に立つ。仕事や子供の世話などある人は無理にやらなくていいし、いくつかある見守りポイントの中から家に近い場所を自由に選んで立てばいいし点呼もとられない任意な感じの当番だが、在宅労働者の私は時間や体調が無理でない限りは参加しようと思っている。道に立って児童の安全を見守りつつ、朝ならオハヨーゴザイマース、下校時ならオカエリナサーイやオツカレサマデースと声をかける。公道で小学生にだけ挨拶するのもアレなので徒歩と自転車は全員に挨拶する。元気に返ってくることもあるし小さく返ってくることもあるし会釈されることもギョッとされることもご苦労さまと言われることも無視されることもある。どの反応もわかる。ギョッも無視も全然わかる。挨拶に気づかない人もなんで自分に挨拶してくるのかと不審に思う人もいるだろうし人見知りの子も多い、私もそうだった、ご近所さんとかよく知っている相手でも俯いてしまって声が出せなくて、自分が子供のころに道で挨拶してやろうと待ち構えている知らないおばさんがいたら本気で嫌だったと思うし迂回して逃げたかも、いまやそれが自ら知らない相手に挨拶できるまでに成長したえらいすごい自分、とはいえ別に私はいまも人見知りだし、当番じゃなかったら挨拶はやっぱり少し恥ずかしいとか不快に思われたらどうしよう無視されたらいやだなとか思ってためらうことも多い。当番中、蛍光タスキ着用中の私は私という個人ではなく交通安全を見守る地域の人でしかなく、挨拶を無視されてもそれは私が無視されたわけではないし手当たり次第全員へ挨拶というのはもう自動というか反射、私の意思が介在しないオハヨーゴザイマース、オハヨーゴザイマース、当番を終えて家に戻る道中、私はいつもそれはもう素早くタスキを外して丸めて握って知らない人には挨拶なんてするわけがないし万が一向こうから知り合いとかきたら挨拶の間合いを測って緊張しなんなら気づかぬふりで脇道に逸れたい。

私はいつも東西南北の道がややずれて交わる変形十字路に立つ。北東西の道は車も自転車もよく通る。南のは家々の間の狭い細い路地でこれは歩行者しか通らない。小学校は東側にあるので西南北からきた小学生たちはみな東に向かう。多くの車は通学時間帯には気遣って安全運転してくれるがたまに唖然とするような速度で右左折していくような車もいるし爆走チャリもいるので油断できない。私の見守り中にそれらと小学生の接触などいままでなかったが、どきっとする間合いはなくもなく、小学生に車道にはみ出ないで石蹴らないで右見て左見て渡るんならさっさと渡ってなどと注意することもある。タスキをつけていてもそれはちょっと緊張する。多分私が考えて発している言葉だからだ。無視されたら困るというか危ないわけだし。

西から小さい子が歩いてきた。しゃがんでなにか拾ったり歩道でステップを踏むようにひらっとしたり、親だったら前見てしゃきしゃき歩きなさいッと手を引きたくなるところ、よその子供さんなら遅刻せず車道にさえはみ出なければかわいいいばかりだ。その子にもオハヨーゴザイマースと言う。その子は私を見上げるが声は出さない、ランドセルに黄色い交通安全カバーがかかっているから1年生だ。（続く）

挨拶 2

黄色いランドセルカバーは小学1年生のしるし、私のオハヨーゴザイマース に目は合わせてくれつつ返事をしないその子に、挨拶緊張するよね、わかるよと心の中で言って見送る。交通安全見守り当番中の私の挨拶に対し、挨拶や会釈などポジティブな反応が返ってくる率は小学生8割、中高生5割、大人は女性7割で男性4割くらい、ご苦労さまとか労《いたわ》ってくれるのはほぼ私より年上の女性で、彼女たちも似たような当番の経験があるのかもしれない。当番は1週間なので月曜日に不思議そうにしていた人が金曜日には微笑んでくれたりもする。北からウォーキングの夫婦がくる。オハヨーゴザイマース、「おはよーございまーす」「おはようございます」南から巨大なリュックサックを背負った中学生の塊がくる。オハヨーゴザイマース、「あ、っす」「っす」「っす」東を見るとさっきの1年生が道を戻ってきつつある。忘れ物？　あの子の家がどこか知らないが戻るならもっと急いだ方がいいのでは、でも空を見たりブロック塀の繋ぎ目をなぞったりしつつのんびり、東からエコバッグの女性にオハヨーゴザイマース、「あっ、ハイ」西から高学年の子が走ってきてオハヨーゴザイマース。「おはっざいますっ」ランドセルが閉まっていなくて留め具がカチンカチンカチンカチン鳴っている。東から自転車の高校生にオハヨーゴザイマース、「……」ようやっと私の前まで戻ってきた1年生は呆れたような顔で私を見て「おはようじゃなくて、こん、にち、は、でしょ？」え？　その子はきた方角とは違う、南側の路地にヒョイと入った。え？　こんにちはでしょ？　おはようかこんにちはか迷うことはある、午前10時半から11時半くらいまでの間とか。こんばんはは時刻より暗さ次第で明るい夏の夜ならいつまでもこんにちはでいいような、いまは朝の8時過ぎ、あの子にとって朝はもっと早朝を指し、いま既に昼なのか？　親御さんが夜勤とか？「おはようございます！」日焼けした半袖シャツの男性に言われ、あっおはようございます。南の路地をのぞいたが家々の塀や生垣が入り組んで黄色いランドセルカバーは見えない。挨拶を無視されたことはあっても意見されたのは初めてだ。おはようじゃなくて、こん、にち、は、でしょ？　……南の路地に入ったあの子はその後私の前を通らなかった。別の道から登校したのだろう。正規の通学路からは外れるが学校への経路は家々の隙間にいくらでもある。予鈴の時間、私は素早くタスキを外して丸める。明日朝の当番で私がこんにちはと言ったらあの子は挨拶を返してくれるのか。

小雨の翌朝、昨日と同じ場所に立ってオハヨーゴザイマース、プールバッグだ、今日は泳げるだろうか。オハヨーゴザイマース、この子傘ないけど大丈夫かな。顔見知りの子が「ねぶそくー」と言いながら手を振ってくれる。そうお、気をつけてねー。あの子は通らない。通らないというか黄色カバーの1年生は数名通ったがどれがあの子かわからない。元気な返事の子も無言の子もいたがあの子か、どうか、よその家の子供の顔というのは意外と覚えにくい。ランドセル何色だったか、背格好……オハヨーゴザイマース。オハヨーゴザイマース。挨拶は反射でも相手のことは見てしまうし聞いてしまうし考えてしまうし、だからまあ挨拶は大事だし気持ちがよいものではあって、するに越したことはないがでも無理することも多分ない、オハヨーゴザイマース。

当たり前

今年の8月6日は日曜日だ。広島の小中学校は大体8月6日は登校日で、何曜日であっても朝早めに登校し原爆投下時刻に黙祷をする。私が子供のころの朝8時15分はいまよりちょっと涼しかった。1945年はもっと涼しかっただろうか、たくさんの子供たちが朝から集合しむき出しの野外で作業をしていた。空襲の際に火災が広がらないようにするための建物疎開作業などに動員されていたのだ。そういう子供たちの多くが原爆で殺された。もちろんもっと幼い、お人形や三輪車で遊ぶような子供も、労働や家事に従事していた大人も。

私の祖母の1人は広島市の郊外に住んでいた。彼女は1945年8月6日に朝から広島市中心部へ出かけることになっていて、でも一緒に行くはずだった知人が体調を崩し行くのが延期になった。もし予定通り出かけていたらおそらく被爆し被曝しもしかして亡くなっていたかもしれない。亡くなって家族に遺骨すら見つけてもらえなかった人がたくさんおり、その日を生き延びてもその数日数ヶ月数年数十年後に突然あるいは長く苦しんで亡くなった人もたくさんいる。私は祖母の知人の体調不良によってこうして生きており逆に言えば本当はいまここにこうして生きていろんなことをしていてもおかしくなかった多くの人の存在が生まれる前に断ち切られている。

被爆樹木の多くが爆心地を示すように傾いているという。爆風を受けた側、より強く原子爆弾の影響を受け傷ついた側の幹の成長が阻害され、その結果反対側の伸びに引っ張られて爆心地に傾くのだ。別に原爆なんて落とさなくてもアメリカは日本に勝っただろう。アメリカは技術と費用をかけて完成させた新兵器をどうしても実地に試し誇示する必要があったのだろうウランのやつを広島にプルトニウムのやつは長崎にそれは日本に勝つためというよりさらにその先にあるかもしれない戦争のため国際競争のためだったのではないかだからとにかく投下して爆発させて爆風の勢いは向きは影響を及ぼす範囲はすぐ死んだ人はその死因は生き延びた人の状態はどんな症状がどんな地点でどれくらい出てその結果いつまでにどれだけ死んだかデータを集めて分析して。平和公園に爆風で倒れた墓石と五輪塔がある。その場所に元々あった慈仙寺《じせんじ》というお寺のもので、そこだけ地面が低くなってまるで水を抜いた池の中にあるように見える。その、池だとしたら掘り下げられてできた水底にあたる高さが、その低さが、当時の広島の地面の高さだった、我々がいま地面だと思っているのは地表の死体やがれきを土で埋めた分高くなっている地面なのだと説明を受けたときの感覚が忘れられない。原爆投下前は人々が参拝する寺があり商店があり家々の並ぶ街だった場所に作られた平和公園を訪れた国内外の人々のほとんどが原爆ドームを見上げるだろう。しかしその中のどれくらいの人が地面を見下ろしかつて地表だった位置との高低差を思い、各国首脳が歩いたその下に修学旅行生が立ち止まるその下にいままさに自分が踏んでいるその下に人々の遺体が埋まっていることを思うだろう。それは別に隠された真実でもなんでもない、想像の果てとかでもなく普通に当たり前に単なる事実として、その骨が私の祖母のだってあなたのだって不思議ではないこと、地球上のあらゆる場所において、核兵器の使用にも所持にも理はない。戦争反対、絶対反対。

おしゃべりな整体師

たまに整体へ行く。姿勢が悪く、そのせいで頭痛になることもあり目視でわかるほど体が前後左右歪んでいる、見かねた親に連れて行かれた子供のころからいままで、いくつかの治療院で何人かの整体師に施術された。腕の良し悪しは多分1回ではそんなにわからない。一発で肩こりスッキリ消えました！　みたいな改善は経験したことがないし、しかし行くのをやめたら悪化することもあり、また、よくなる前に一時的に悪化したように感じる場合もあると聞くしとにかくしばらく通わないとわからない。そうなると料金とか予約のしやすさだけでなく、整体師との相性、人間性、みたいなものも無視できない。

以前、人に紹介してもらった整体師の男性はおしゃべりだった。施術中ずっと明るく経験談、芸能、社会情勢について、面白い話もあったが私とは意見が違うことも、そんなこと言わないでいいのにみたいなこともあって、でも次の予約の人が早く来ない限り2人きりの施術室で丸腰で身を任せながら反論するのもちょっと怖くて億劫で相槌を打ちつつ施術を受けた。腕は多分よかったが、あるとき私の施術中にやたら早く来た次の予約の人と大声で喋って、「で、その角を右に曲がった先にさっ」等と言いながらうつ伏せの私の背中に指で地図を描いたのが嫌だった。そんなとこに描いても相手には見えないし人の背中を裏紙扱いしないでほしいし、あとなぜかロシア大統領プーチンのことをずっとプーチンと呼んでいて、ふざけているのか思想があるのかただ間違っているのか確認も指摘もできないままそこへ行くのは止めた。

また別の人に紹介された整体師の男性はこれまたおしゃべりで、経験談、芸能、社会情勢について、前の整体師より共感できる話題が多かった。完全予約で常に1対1の個室で施術されながら私は相槌を打ったり答えたり笑ったりしつつうつ伏せ、仰向け、横向き、ある日私は整体師に最近太ったと話した。整体師は「見えませんけどねー」と答えて腰、背中、腕、脇、手を止め不意に「ほんとだ、太ってるぅ！」えっ、あっ、ですか。「脇触ったらわかっちゃった、ぼく、脇フェチだから！」カッとなった、が、やめろ黙れ私は帰るとは言えなかった。ハハアー、というような曖昧なことしか口から出てこず最後まで施術を受けお金を払って帰った。そこへ通うのも止めた。腕は多分よかったし、施術も丁寧だったし背中に地図も描かないブーチンとも言わない、でも無理だ、誰がどこのなんのフェチでもいい、私に性的関心があるわけでもないだろう、でも、1対1の個室でうつ伏せで施術とはいえ脇を触られている女性が脇を触っている男性に脇フェチだと宣言されてどう感じるかわからないなら人の体を触るのには向いていない。

施術中に居眠りする高齢の整体師もいた。施術か悪意かわからない感じで胸を触ってきた整体師もいた。なにも問題ないが知り合いの知り合いだと判明しなんとなく足が遠のいた人もいる。女性整体師にはいまのところ出会っていない。現在は部屋に施術ベッドが数台並ぶ治療院に通っている。基本的にお互い丸見え、混んでいると右にも左にも他の人がいるなかで施術を受ける。他の人の施術の気配はやや落ち着かないが少なくとも施術中に触られている部位のフェチなのだと告げられることはないだろう。居眠りもできまい不必要に体にも触られまい、整体師は私が無口でいれば無口で受付には彼の妻が座っている。

みょうが

スーパーの見切り品棚にみょうががあったのでうれしくていくつもカゴに入れていると知らない女性が近づいてきて「あなたそれ冷凍するの？」いや、ぬか漬けにしようと思って。今年初めてぬか床を作った。味つけしてある使い切りタイプは買ったことがあったが今年は米屋で生ぬかを買って塩とか水とか昆布とか唐辛子とかを混ぜて発酵させた。手順自体は混ぜるだけだが発酵が相手なので、途中存続が危ぶまれるような状態にもなったがネットで対処法を調べるなどして、いまのところ結構おいしくできている。きゅうりや白うりがおいしく、ゴーヤも苦くていい。そしてみょうがのぬか漬けは、独特のジャキジャキした繊維質の歯触りの角が取れてしんなり上品で、その香りもぬか漬けの酸味と塩気に調和する。女性は「へー！　ぬか漬け、うちもしてるけどきゅうりしか漬けてないわ」みょうがもおいしいですよ。「そんならやってみよう」女性も見切り品をひとつカゴに入れた。みょうがは買うと結構高い。小さいのが3つ100円くらいする。今日の見切り品はその半額以下だ。あ、丸ごとだと漬かりが遅いので、半分に切って漬けるといいですよ。「いいこと聞いた、ありがとうね！」

時間差で漬かるようにみょうがを2つ割り、丸ごとと分けてぬか床に押しこむように入れる。子供のころ実家の裏庭にみょうがが生えていた。いま思うと祖父母が余分な草を抜いたり肥料を入れたりして手入れしていたのだろうが子供からしたらただ自然に生えているように見えた。食べ物にも見えなかった。スッと伸びて葉っぱが茂ったちょっと竹っぽい草の根元の土から、珍妙な、たけのこみたいでもあるしきのこっぽくもチューリップの芽みたいにも見える、緑のような茶色のようなものが顔を出している、手を土に突っこんで引っ張ってみると簡単に取れる。根っこはなくて根本は白い。雨のような土のような痺れるような不思議なにおいがする、表面に細かい毛が生えてざらざらする。先の方から爪を入れて剝がすと1枚ずつ剝けてさっきのにおいが強くなる。うひゃー面白い！　私と弟はこれはコアラの餌に違いない、ということに決めて2人でせっせと掘りまくった。掘った分は地べたに放置した。いくつかはうっかり踏んで潰した。いくつかは剝けるだけ剝いてぐちゃぐちゃにした。爪から指からにおいがした。ユーカリ、これが私たちのユーカリ、我々のいもしないコアラはどんどん太って増えた。まだまだ餌が要るよ！　しばらくして私と弟の所業を見つけた祖母は、普段は優しくてほとんど叱られた覚えもないのだがちょっと真剣な声で私と弟を叱った。それはみょうがという食べられるものである、食べものをそんなふうにしちゃいけない。え、これ食べるの？　こんな妙な感じのものを？　コアラでもないのに？　謝るより呆気に取られた、確か。それからみょうがをおいしいと思って食べるまでの間には多分数年かかっただろう。祖母や母が薄く切って水にさらしてよく水気を切った薬味がそうめんの脇に山盛りになっているのや、酢味噌に4つ割りにしたみょうがを和えてしんなりさせた夏の大鉢など、いま思い出すとぜいたくなことだった、あのときは悪いことをした、でもあれ面白かったな、いくらでも掘って。私と弟が掘り返したやつは捨てたのか、洗って食べたのか……みょうがを見ると触ると思い出す。女性のみょうがはうまく漬かっただろうか。

誤記憶

一度間違って覚えたためにどっちが正しいかわからなくなってしまった単語や言い回しは誰にもあると思う。私の場合マトリョーシカ、マリョトーシカ、どっちかわからない。最初に間違って覚えたから直感に反する方が正、というのはわかっているのだが、もういまの段階ではどちらがどちらなんだか、こうやって文書にする場合はスッと変換できる方が正しくてできなければ誤、とわかる。マトリョーシカ、間りょトーしか……いやでも大きいのの中に小さいのが次々入ったロシアの入れ子人形のことを人前で口に出す機会なんてありますか、ない人もいるだろうが少なくとも私にはなくもなかった、多分その最初の何回か私の誤りは指摘されずスルーされた。初めて指摘されたのは20代の半ば、ものすごく恥ずかしかった。仕事中の昼休みに指摘されて午後の作業が若干手につかないくらい恥ずかしかった。バカにされたわけでもなく、さらっと、え、マリョトーシカじゃなくてマトリョーシカじゃない？　教えてくれてありがたかったのに。それから、なきにしもあらず。これを私はなきしにもあらず、と覚えていた。この間違いを指摘されたのは高校生のころだった。思春期、これも恥ずかしかった。当番で職員室を掃除中に言われたのだが、もうチリトリもゴミ箱もほっぽり出して帰ろう、というか学校明日休もう……マトリョーシカマリョトーシカ、なきしにもあらずなきにしもあらず、カタカナあるいはひらがなの状態を黙読すると違いが一瞬わからないというかどっちも正しい感じで読めるのではないかと思う。口に出そうとするたびに、マリョ……マトリョ……なきにしも、なきしにも、考えているうちに「マトリョーシカ」「なきにしもあらず」と自分が言おうとしたタイミングは流れ去ってしまう。とはいえどちらももう10年20年間違いを自覚して生きてきており対処法はあって、ほらあのロシアの入れ子になってる女の子の人形、と言えば大概相手からマトリヨーシカですねと言ってくれるし、なきにしもあらずは「なくもないです」「ないとも言い切れないです」もういっそ「ありえます」と言い換えてしまえばいい。十分通じる。

そういう言い換えが利かない誤記憶がある。英単語の東と西、east と west、多分これを最初に逆に覚えた。というか私の直感では西がイーストで東がウエストなのだ。なぜかはわからない。パンに使うイースト菌あるいは人間の腰を示すウエストが関係している可能性もあるがはっきりしない。語感というか、日本地図だと愛媛とか佐賀あたり大変イーストな感じがするし、岩手とか宮城なんてすごくウエスト感がある。極東がファーイーストなのは知っているし、ウエスタンが西部劇なのも知っているからそこを経由すれば正しい方に辿り着けはして、受験勉強のときも英語検定のときもそうした、が、筆記試験ならまだいいが英会話だと脳内で経由しているともう絶対にスピードに追いつかない、いまだに右と左もお箸とお茶碗を経由しないとわからないし、もしかして、まだ自分でも気づかないまま間違って使い続けている言葉もたくさんあって指摘されていないだけなのかもしれない。自分でもなんなんだと思うけれど誰にも多分こういうことがあって、それに驚いたりどうにか誤魔化したりうっかり漏らしたり赤面したりしながら生活しているんだろうなあと思う。思いたい。

わがまま

結構前になるが、勉強系の習い事の無料体験に子供を行かせたことがあった。評判もよかったし、大人からするとやっておいて損はない内容で問い合わせの受け答えも感じがよかった。優しそうだが厳しそうでもあり信頼できるベテラン感、勉強系だから子供はあまり乗り気でなかったが、まあ体験だけでも行ってみたら楽しいかもしれないし友達できるかもしれないしさ。無料体験の日、親御さんは中に入れませんと言われたので先生に一礼し子供にちょっと手を振って外に出て、時間になって迎えに行くと先生は満面の笑みで「きちんと座って一生懸命話を聞いておられました、非常に感心いたしました。お母さん、このお子さんはきっとすぐにとってもとっても、伸びる子ですよ」えーそうなんですかそれはありがとうございます。外に出るとスンとした顔をしていた子供が世にも嫌そうな顔になった。どうだった？「いやだった」え？「ぜったいもう行かない」ど、どうしたの？　聞くと、先生の指示通りやったのに違うやり方をしただろうと決めつけられ、違うと言っても聞き入れられずやり直しさせられたのだそうだ。えーそうなの。なんでだろう。「先生はやってるとこ見てなかったのに。あの先生いやだ」ほー。子供の言い分を常になんでも鵜呑みにするわけではないが、少なくとものすごく嫌がっていることはわかった。内容への(の)ではなく先生への嫌悪なら慣れてわかってきたら楽しくなるよみたいな解決もないし曜日的に他の先生でというのも無理そう、じゃあましょうがないか、無料体験でわかってよかったよかった、習い事には通わない旨の連絡をした。入会すると確信していたらしい先生は電話口で大変驚いて、「どうかされました？」いやあ、子供がちょっと、体験であんまり、難しかったようで。ここで、あなたがうちの子に難癖つけたそうですがとは言えない。いくら子供を信じていたって、今後も付き合わねばならない相手じゃないし余計な波風を立てる義理も体力もない。先生は優しい声で「あら大丈夫ですよお母さん、最初は難しいとお感じになっても、慣れたら楽しくなります。みなさんそうなの」いやーでも、とにかくなんだか家族で相談しましてちょっと今回は。すいませんせっかく体験させていただきましたのに。「まーそうですか」先生の声がちょっとつづまり、そしてゆっくりになり「お母様、ずいぶんとお子さんを、わがままに育ててらっしゃるのねえ」

電話を切ってしばらく呆然とした。わがまま、いやそりゃ子供が嫌がることを一切させないのはわがままでしょうが、でもこの年齢の子供が明確に嫌がってもさせないといけないことって歯磨きとか投薬とか衛生健康がらみのこと睡眠飲食あとは人に加害するなとかそれくらいじゃない？　習い事するかしないか子供本人の意向を反映するのはわがままなのかそしてそれをその語のチョイスそのトーンで親に言うか？　あの先生いやだと言った子供の直感という観察の正しさ！　わがままに育てていらっしゃるのねうるせえあれだけ嫌がってるのに無理に通わせたらその方が親のわがままでしょうよ、とはいえ、やっぱり、勉強もそれは大事だし苦手を克服、得意を伸ばそう、復習先取り、タブレット学習、オンライン受講可……なにが親のわがままでなにが子供の未来への祝福なのかなんて本当に全然わからない、わからないいけど無料体験とても重要、これでわがままならわがままでいい。

作文

小学校の国語で物語を作る単元があった。教科書に宝島の地図と小学生男女主人公が提示され、それに即した物語を考えて作文する。この授業があった時期、私は体調不良で数日学校を休んでいたため授業を受けることなく同級生が届けてくれた原稿用紙にいきなり書き始めることになった。結構自信はあった。私は小2から「ズッコケ三人組」シリーズを愛読していたのだが、その裏表紙には小学中級以上と印刷してあった。当時は児童書に印刷してある○歳向きとか○年生以上という情報がすごく重要に思えて、運動も勉強もできない人望もない私は少しでも年上向きのものを読んでいると思うことが自信の拠り所みたいな感じで、だから物語なんてお手のもの、宝島に行く、島だから船だろう、小学生2人で船……え、どうやって？　宮島へ行くフェリーには何度も乗った、九州へ行く大きな船で初日の出を見た、絵や映像ならカヌーとかヨット漁船海賊船、いやでも小学生2人が宮島へ行く船……？　私は2人が宝島の地図入手後、島への移動方法を協議し町をさまよい、その途中偶然にも地元漁師に海路の提供を受けるんだったかあるいは浜で安全そうな船を発見し主人公の1人がその船の操舵を習得したんだったかとにかくどうにか島へ移動する算段がついた時点で規定枚数をオーバーし原稿用紙が足りず親に買ってきてもらった。親は長くなる分にはいいでしょうヒロコちゃん本が好きだからどんどん空想が広がるんだねとニコニコしていたが私からしたら空想が広がる余地なんて全然ない、単に実務的な作業としてどうやったら小学生2人を宝島に到達させられるのか考えるだけで疲れ切り途中から原稿用紙の色が違うのも落ち着かない、宝島に泊まるか、その設備も食料も、子供2人で輸送できるか、乾パン？　水筒？　どでかいリュックサック？　親の許可？　原稿用紙をどれだけ尽くしても宝探しが、物語とされるものが始まらない、その焦りと絶望をはっきり覚えている。

規定枚数の4倍くらいの作品を提出し、たくさん書いて頑張ったねとは言われたが内容は全然褒められなかった。そりゃそうだ、冒頭でへろへろ、いちおう宝島でなにかして無事帰宅し親に労《ねぎら》われご馳走を食べる、というところまで書いたが明らかに全体のバランスはおかしかった。欠席した授業で宝島に着いた時点から始めよう、というような指導があったのかもしれない。もし私が当時のヒロコの母ならハッと気づいたら宝島でしたって始めなよと助言したかもしれない、しないかもしれない、そしてそれだと私はなにも書けなかったかもしれない。なんというか、自分が信じられる手段と経緯で宝島へ向かう方法を見つけないと、2人がこのようにして宝島へ辿り着くのだとまず私が信じないとだめだという、無意識の確信みたいなものが多分あった。

社会人になって小説を書き始めたときの動機は労働や現実からの逃避で、いまもこうやって書いているのは偶然や幸運の賜物でもあると感じる。ただ、書くことひとつひとつを信じられなかったら書けない、どこにも辿り着けないという当時の私の絶望は、そのままいまの私の、目の前のひとつひとつを信じて書いていけば小説になるという希望に繋がっている。当時の私に、大人になって小説家になったよアナタと言ったら驚くだろうか。ハ、なに言よん、うちはズッコケ三人組を小2で笑って読んだ女よ当然じゃろ、と真顔で頷くかもしれない。

犬と猫

『パイプの中のかえる』でも書いたが結構Eテレを観る。特に朝は家族の行動と番組が噛み合っているため違う局をつけていたら遅刻しそうになる。平日の朝の「０６５５」は歌やアニメで構成された5分番組で、タイミング的に親子で見ることが多い。その中にペットの歌があって、視聴者が投稿したペットの写真が1日1匹歌に乗せて紹介される。歌には犬と猫とその他の動物バージョンがあり、犬猫にはさらにオスメス2パターンが用意されている。それぞれタイトルは「わが輩は、犬」「わたし、犬、いぬ」「おれ、ねこ」「あたし、ねこ」「うちにはこんなのがいます」だ。その他動物用「うちにはこんなのがいます」も非常に興味深い（この歌だけ視点が動物ではなく飼い主側に置かれているのは一体なぜか？）のだが、今回は犬と猫の歌の話をしたい。

4パターンとも、好きなものや嫌いなこと、住まいや食べ物についてなどが歌われ画面に歌詞に合わせた写真が映る。おもちゃで遊ぶ写真、シャンプー中ガックリしている写真、カリカリや缶詰の餌や家の外観や寝床、歌は犬猫性別別にすべて一律なので、個体の個性に関わらず犬のオス一人称は「わが輩」、犬のメス「わたし」、猫のオス「おれ」、猫のメス「あたし」となる。オス犬は歌詞の文末に「〜である」が多用されており『吾輩《わがはい》は猫である』のパロディらしいがオス猫が「おれ」なのはなぜか、おそらく犬は飼い主に忠実で猫は気まぐれとされるイメージで、メスにおいて犬が「わたし」で猫が「あたし」なのもより真面目そうな「わたし」に対しカジュアルで奔放そうな「あたし」がそれぞれ割り振られているのだろうと、まあ想像できる。

歌は進み犬と猫視点で飼い主に言及する歌詞に至る。犬は両性とも「ずっとこのひとといっしょにいられますように」と歌い上げ画面に飼い主と一緒の写真が映る（昔飼っていたのと同じ犬種だと泣きそうになる）。猫だとオスは

「これうちのやつ（略）おれねこだけど　こいつのきもち　なぜかよくわかる」、メスは「このひとかいぬし（略）あたしねこだけど　このひとのきもち　なぜかよくわかる」と歌い上げてやっぱり飼い主との写真が出るのだがいいですか犬そしてメス猫が飼い主を指す語は「このひと」で、オス猫に限って「これ」「こいつ」。「このひと」も文脈によっては礼儀正しいとは言えないが「これ」「こいつ」は格段に失敬、猫イメージに由来しているのはわかるがならばなぜオスメスで区別が生じるのか。オス猫が「これ」「こいつ」呼ばわりの飼い主をどうしてメス猫は犬と同等の呼び方なのか。どうでもいいよと思われるかもしれない。ただの歌詞じゃん、男は親しい相手を「こいつがさー」とか普通に言うけど女はあんま言わないじゃないですか普通。ならばその、男ならこれこいつと呼んでも普通でなんなら親しみの表明とされ女がこいつと呼んだら普通ではない感じがするという日本語の暗黙の了解に問題があるのではないかそもそもそういうキャラだからと個別に設定されているなにかの登場人物とかではないオスとメス、犬と猫で一律振り分けられる人称において「こいつ」以前にわたしやあたしが女性用でわが輩やおれが男性用という認識を自明なことと見做し続けていいのか本当にいいのか。犬も猫ももちろんそれ以外の動物もみんなとてもかわいく最高だからこそ、そして歌だっていい歌いい声だからこそ、なんだか朝からウゥッと考えてしまう。

秋

夫が日記をつけながら「去年は今日から秋だったんだって」と言った。夫は「5年日記」をつけている。3年目だ。私も10年日記を持っていてつけようと思っているがしょっちゅう書き忘れて空欄があちこちにある。夫はちゃんと毎日書いていて、そうなるとこういう日記は同じページに前年、前前年等の同日の記載があるのが年々面白く、ときどき日記をつけながらあそこに行ったの去年の今日だよもう1年経つんだね早いね、などと教えてくれる。たまに意識していないのに去年の今日と夕飯が同じだったり3年連続同月同日に夫婦で揉めていたりもするらしい。今日から秋って？「去年の今日、急に涼しくなって今日から秋だって書いてある」へええ。今年の今日は全くもう暑く、そのうえ日中ひどいにわか雨が降りその後はモワモワ蒸し暑くただいるだけで自分が薄ら臭いような嫌な天気、秋の到来は程遠い。へー去年はもう涼しかったんだねえ今年はまだまだだねえ、と話した翌朝ドアを開けて外に出てアッと思った。なんか今日は空気が秋だ。

年々春と秋が短くなり夏の暑さ雨の量が尋常ではなくもう乾季と雨季あるいは夏冬二季制のつもりで日本の生活様式を調整していった方がいいんじゃないかとも思う、が、それでもやっぱり、匂いや湿気によって今日から秋だ、と思う日がある。毎年ある。いくらカレンダーをめくり店頭のみょうがが消え梨が並び彼岸花が咲きお彼岸のおはぎを食べようと全然秋になったと感じられない中で突然、鼻や肌や全身が今日から秋ッ、と浮き立つようなこの感じ、春も同じだ。毎年突然今日から春だ、と思う日があって、でもなぜか今日から夏だ、冬だ、とは多分感じたことがない。いつの間にかすっかり夏になって冬になっていて、なんというか渦中に至ってびっくりしているような、理由はわからないし私だけかもしれない。

２０２３年の４月から９月にかけてつまり大体春から秋にかけて、twililight のウェブマガジンで週に１度連載していたエッセイを書籍化するに当たって読み返すともうすでに書いたことをあれこれ忘れていてそうだこんなこともあったあった、ベランダ睡蓮鉢のメダカは１匹死んでまたエビが肉を食べて骨格標本のようになった、残ったもう１匹は元気にしている。散々逡巡し結局煮たマーマレードは去年のよりやや苦味が強かった。手渡しでもらった交通費をクリアファイルに挟んだまま失くしかけてこうやってキャビネット埋蔵金ができるのだと反省しパクチーは花が咲いて喜んでいたら突然枯れて消えてもう跡形もないがシソは元気に茂って小さい花穂をつけはじめている。

私はなんでも忘れる。冷蔵庫の中身も自分がいま研いでいるお米が何合だったかもなにかの納期も、毎年突然春が来て秋が来ることもその日になるまで実感としては忘れていて、でもちゃんと春は来て秋も来て、なにかを書いて読み返すと書いてあることだけでなくそのとき書かなかったこともまた思い出す。書こうと思ってやめたこと、書こうとも思わなかったことそのとき気づいていなかったことさえときには思い出して、だからこのエッセイには私にとって書いた文字数以上の記憶が含まれている。その一部でも、読む人にとってもなにかを思い出したりなにかに気づいたりするきっかけになっているといいなと思う。今日から秋だ。

小山田浩子　おやまだ・ひろこ

1983年広島県生まれ。2010年「工場」で新潮新人賞を受賞してデビュー。2013年、同作を収録した単行本『工場』が三島由紀夫賞候補となる。同書で織田作之助賞受賞。2014年「穴」で第150回芥川龍之介賞受賞。他の著書に『庭』『小島』、エッセイ集『パイプの中のかえる』がある。

初出

twililight web magazine
2023年4月-9月

春　4月6日
とん蝶　4月13日
ぴーすくる　4月20日
歩き話し　4月27日
おはぎ　5月4日
休日のパーク 1　5月11日
休日のパーク 2　5月18日
川を上る　5月25日
マーマレード　6月1日
東京の印象　6月8日
喪服　6月15日
お金　6月22日
ベランダ　6月29日
ルバーブ　7月6日
翻訳　7月13日
変身ドーン　7月20日
挨拶 1　7月27日
挨拶 2　8月3日
当たり前　8月10日
おしゃべりな整体師　8月17日
みょうが　8月24日
誤記憶　8月31日
わがまま　9月7日
作文　9月14日

書き下ろし

犬と猫
秋

かえるはかえる

パイプの中のかえる２

2023年11月11日　初版第一刷発行

著者　小山田浩子

発行人　ignition gallery

発行所　twililight

〒154-0004
東京都世田谷区太子堂4-28-10 鈴木ビル3F
☎ 090-3455-9553
https://twililight.com

装画・挿画　オカヤイヅミ

デザイン　横山 雄

印刷・製本　モリモト印刷株式会社

本体価格　1800円

ISBN 978-4-9912851-3-4　C0095　¥1800E
ign-016